꽃물 든 탑을 보며

도서출판
작가마을

꽃물 든 탑을 보며

초판인쇄 | 2017년 9월 10일 **초판발행** | 2017년 9월 20일
지은이 | 이성호 **주간** | 배재경 **펴낸이** | 배재도 **펴낸곳** | 도서출판 작가마을
등록 | 2002년 8월 29일(제 2002-000012호)
주소 | 부산광역시 중구 대청로 141번길 15-1 대륙빌딩 301호
T. 051)248-4145, 2598 F. 051)248-0723 E. seepoet@hanmail.net

국립중앙도서관 출판예정도서목록(CIP)

꽃물 든 탑을 보며 : 이성호 시조집 / 지은이: 이성호. ─ 부산 : 작가마을, 2017
    p. ;   cm

ISBN 979-11-5606-079-6 03810 : ₩10000

한국 현대 시조[韓國現代時調]
811.36-KDC6
895.715-DDC23   CIP2017022985

※ 이 책의 무단전재 및 복제행위는 저작권법에 의거, 처벌의 대상이 됩니다.

본 도서는 부산광역시, 부산문화재단 지역문화예술특성화사업으로 지원을 받았습니다.

꽃물 든 탑을 보며

이성호 시조집

2015년 시조집《도덕경을 읽는 나무》출간 후 지난 2년 간 온라인이나 오프라인에서 약 300 수의 시와 시조를 발표했다. 그 가운데 먼저 70편의 시조만 골라 선을 보인다.

지금도 미래사회에 대한 나의 신념에는 변함이 없다. 세상에는 "모든 시의 뜻이 궁극적으로 지향하는 한 사람의 시인이 있을 수 있음"을, 그 시인은 일찍이 육사가 『광야』에서 노래한 '백마 타고 오는 초인'이며, 타골이 예찬한 『동방의 빛』 곧 '기탄잘리'의 주인공인 '임'임을 확신한다.

인류의 역사는 끊임없이 약한 자의 승리를 기다리는 역사이며, 인류가 꿈꾸는 세상은 진정한 자유와 평화, 사랑과 평등이 숨 쉬는 아름다운 사회다.

언젠가 사람들의 시각에 큰 변화가 오는 날, 우리 세대에 초인이나 임은 나타나 그 예언이 실현될 수도 있을 것으로 믿는다. 새로운 문명사의 지평을 열 시인이 노래하는 세상은 천 년 전 후천세계의 도래를 말한 도선대사의 "유불선이 한데 융합된 인류의 소망을 담은 사상"이라는 것과 A. 토인비가 『역사의 연구』 마지막 장에서 밝힌 신이 인간으로 나타난, '육신화한 신의 모습'으로 드러나는 신神과 인간이 함께 즐거워하는 유토피아의 새로운 세상이 될 것이라고 감히 단언한다.

예언이 이루어지든 그렇지 못하든 관계없이 내게 주어진 길을 묵묵히 걸어 갈 뿐이다.

2017. 여름날 저자

이성호 시조집

• 차례

꽃물 든 탑을 보며

꽃물 든 탑을 보며

고전의 바다를 건너

075 · 시경詩經

076 · 맹자孟子

077 · 대학大學

078 · 논어論語

079 · 노자老子

080 · 중용中庸

081 · 서경書經

082 · 홍범洪範

083 · 주역周易

084 · 안중근

085 · 열하일기熱河日記

086 · 척판암擲板庵에서

087 · 니체를 읽으며

088 · 매미의 덕

5부 그리움 문 밖에서

제1부

돋는 해 꿈을 찾아

혼魂

불사不死의 한 점 별빛
돌아 와 핀 꽃이 있다.

마음을 담은 통에
넘나들며 오고 가다

입던 옷
바꿔 입고 와
얼굴이 된 집의 주인

등댓불

꽁무니 **빼는** 볕내
바다를 칼질한다

덩그렇게 떠 있다가
몰려오는 어둠 있어

바람 잔
망망대해에
책장을 받아 편다.

하현달

아파트 난간 위로
걸터 넘는 이가 있다

달무리 연한 불빛
바다를 풀어내다

두레박
끄집어내어
우물물 긷는 여인

해돋이 앞에서

그것은 점 하나다
전신全身으로 뚫고 선다
빨갛게 물이 들어 열어 놓은 틈 사이로
뾰족이 내민 젖가슴 온 바다를 쥐고 있다.

꽃잎일까
실눈일까
숨을 죽인 한 순간이
한 자리 붉게 더 붉게 숨을 할딱이면서
온 세상 한데 죄인다
붉게 숨을 몰아 쉰다.

들머리 빼꼭히도
열어젖힌 이랑 위로
저 꽃잎 여는 송곳 어스름 털어내고
힘 실어 떠올린 바퀴 반 넘어 솟구친다.

둥글게 테를 둘러
솟아오른 하늘 위로

온갖 광채 바늘 혀끝 동경銅鏡 되어 뚫고 있다
환하게 박차고 올라 두둥실 위로 떴다.

동해물 너른 들녘
건져 올린 불덩이다
한 민족 얼굴 씻고 모두모두 모여오라
새해의 큰 물굽이로 세계사에 우뚝 하라.

(2016.1.1.)

백두대간白頭大幹

태극太極의 도道를 보라
점지點指된 이 땅이다
거룩한 임의 손길 만상을 보듬어서
제 자리 놓이고 보니 천하 길지吉地 틀림없다.

옹골찬 체구에다
내어뿜는 빛을 엏어
길을 튼 등솔기로 등촉 밝힌 민족이여
배달의 잠 깬 역사가 꽃이 되어 엮려 있다.

뻗어 내린 큰 줄기에
개마고원高原 실어 놓고
깎아 세운 비경으로 금강 설악 내달아서
등고선 굵은 힘줄이 우뚝우뚝 달려온다.

봉머리 이는 눈발
서기瑞氣 되어 쌓여 오고
빗살무늬 열고 앉아 굽이치는 태백산맥
강과 내, 품에 안기어 몰려오는 빛을 보라.

부르면 달려 나와

머리를 조아리고

내닫는 눈높이로 샘물마저 솟구쳐서

지리산 끝 간 얼굴이 춤을 추며 반긴다.

오름산五音峰에서

눈 뜨는 머리맡에 귀를 높인 바람소리
한동안 말을 잃은 그 벼랑*을 굽이치며
남가람 타고 온 음률
봉머리를 휘어 돈다.

낮은 음 솔잎 위로 머리를 마주하고
갓골을 건너 뛰어 스쳐 넘는 점등 위로
한 뙈기 뫼 밭을 이뤄
속살 열어 보채는 곳

얽히고 뜯긴 자국 간난의 시린 강물
삼으로* 단을 묶어 실어 보낸 나루터로
저울대* 퍼런 물길에
줄을 잡고 길을 연다

흙 묻은 손을 털어 세월을 낚아채며
이울던 새갓의 억새 띠로 묶은 한 소절이
이참에 참한 노래로
답을 하여 보낸다.

*그 벼랑 : 진주 10경(晉州十景)의 하나로 조성하고 있는 대곡면과 진성면을
잇는 월아교에서 바라다 본 대곡면 마진리 오름산(일명 五音峰, 筆峰)(높이 약
350m)의 벼랑.
*삼나루 : 필자의 향리인 진주시 대곡면 마진리의 마진(麻津)이란 한자어를 풀
어 쓴 말(표지 사진 참조)이며, 갓골, 점등, 저울대, 새갓 등은 고향 마을의 딸
린 지명임.
*저울대 : 물돌이 마을인 마진에서 남강의 수심이 가장 깊은 샛강의 나루터.
옛날엔 줄배가 있었음.

조간朝刊을 읽으며

까치가 조달대는 산등성 마루턱에
먼지를 덮어쓴 크고 작은 얼굴들이
하나씩
문짝을 달고
이름표를 내어건다.

귀동냥 발품 팔아 평생을 살아오다
막대기 툭툭 치며 새롭지 않게 오는 봄을
둥근 테
안경 너머로
꺼내보는 옛이야기

잘 닦은 동경銅鏡으로 하루를 꿰어보고
걸어 온 자취마다 실어둔 짐을 풀며
시침의
방향을 돌려
또 하루를 밀어낸다.

광안대교廣安大橋

꿈으로 다져놓은
파란색 지도 위로
곧게 뻗어 열고 앉은 시대의 랜드 마크
부산항 전면에 깔고 자랑이 한창이다.

발품 판 바닷가로
해를 안고 돌아와서
명품의 고운 길이 세월을 낚아채고
더러는 불꽃도 올려 경품들을 쏟아낸다.

정든 이 정이 묻어 모여 온 소식으로
벌린 춤 여는 무대 흩어지는 꽃떨기로
도시는 뜸질을 한다
참한 발을 내민다.

낙동강

대박을 꿈꾸는 새벽
누가 줄을 잡고 있나.
애초의 머뭇거린 속삭임을 묻어 두고
발 뻗는 시원의 계곡
잠을 설친 황지연못

남으로 향한 걸음
멀리 앞을 바라보며
서로 다른 온도차를 눈금으로 다독이고
산 모롱 초집들조차
문을 열고 반겨 온다.

날리는 금빛 갈기
소리소리 넘는 산을
그 옛날 고삐 풀던 초연硝煙의 벌도 지나
펼쳐진 서경의 가락
굽이굽이 껴안는다.

잣대로 금을 지어
숨바꼭질 하다가도
마음 편히 모실 그날 손꼽아 헤아리며
풀어 본 갑론을박甲論乙駁을
속에 넣어 보채다가

건너 온 700리 길
매듭 풀어 탄탄대로
물길도 세월도 한 굽이로 모여와서
겨레의 대동맥 짚어
한바다를 열 젖힌다.

누에의 꿈

먹어치운 뽕잎으로 누에는 잠을 깼다.
세 잠 네 잠, 잠을 잔 후
환생의 고치되어
투명의 그 비친 거울
몸을 맡긴 한 생애

가느다란 꽃잎으로
풀어 밝힌 비단길에
비어낸 속을 헐어 말씀의 강을 열면
눈부신 결이 이어져
드러나는 너의 꿈

짠 비단 엮어 이어
오고 가는 길손 따라
먼 먼 길 돌아들며 내어 준 생명의 끈
닫힌 문 활짝 열어서
세상구경 하고 있다.

연탄재

고지대 빈민촌의 담벼락 한 모퉁이
피워 있는 꽃 한 송이 벽화 되어 앉아 있다
빗물에 씻겨 나가도 형체만은 온전하다.

따뜻한 손길 얹어 잔잔해진 미소 위로
으슬으슬 몰아오던 혹한을 보낸 할멈
방바닥 데우고도 남을 하루분의 그 온기

주고받은 말 한 마디 씨가 되어 묻어두고
삭은 재 싹을 올려 활활 돋는 푸른 생명
오가는 세상살이도 다시 보면 살 만하다.

박격포迫擊砲

포탄을 들춰 엎고
구보하다 외눈 팔아
손으로 바꿔 들어 총검술을 하라 한다.
무반동 팔십mm의 무게만도 30kg

최전방 교육사단
올빼미는 말이 없다
꽉 짜인 일과대로 움직이는 야전 교범
불침번 교대시간은 차라리 금이 된 나

훈련병 지쳐 넘어
땀을 쏟고 허기져서
농약 탄 논물마저 울컥울컥 들이킨다
강원도 깊은 산골엔 농약 물도 보약이다

팔려 간 배출대에
다시 잡혀 선을 보다
이기자* 연병장의 소총수가 웬 말인가
그래도 목숨이 붙어 고향땅을 밟아야지

*이기자 : 육군 6171부대(제27사단) 이름. 6.25 때 화천 땅에서 패전 궤멸되
어 사단기를 적군에게 빼앗긴 후 아직 되찾지 못하여 사단기가 없는 부대임.

반구대 암각화

어허 무심無心 무심이다
뜨는 해 말이 없다
넘겨 본 책장 속에 가득 차는 무량 법계法界
건너 와 자리를 편다
우르르 쏟아진다.

발톱들 날 세우고 깎아지른 세상 너머
탁 트여 열고 앉아
낮과 밤을 버물어서
꿰뚫어 덮인 어둠을 걷어내는 강물이어

물보라 꿰어 차고 포물선을 긋는 고래
법法과 천天 따로 없다
줄을 잇는 행렬 따라
목장의 수림을 지나 반열에 드는 그들

사슴과 멧돼지와 호랑이 등 큰 동물도
춤추고 나팔 불어 곁불 쬐는 사람까지
대곡천大谷川 물길 거슬러 길을 트는 가족들

선명한 음영 각을
때맞추어 올려놓고
침수나 노출에도 아랑곳 하지 않는
무한의 시간 여행을 즐겨하는 이들인데

번뜩이어 뿜어내는 그 재주 벗겨 올려
울로 친 행방 따라 틈을 지운 석각 속에
한 치씩 자라는 나무
숲이 되어 일어선다.

오래된 미래

　- 헬레나 노르베리 호지에게

뽀얀 이 활짝 들내
마을이 들썩인다

라다크* 시간이 머문 그 마을에 들어서면

짜깁는 헌 옷도 새 옷
이리 좋아 춤이 된다.

읽는 책 손에 놓고
뛰어나간 고샅길에

순환의 엮은 고리
감고 도는 물결로 와

가슴을 듬뿍 적시며 함께 손을 잡고 선다.

욕심도 다툼도
부질없는 겉치레다

무너지는 새론 문명 속임수의 끝 간 자리

더 깊은 법法의 길 열어
하늘 속에 길을 내다.

보이는 줄무늬가 더욱 예뻐 보이는 밤

앞서거니 뒤서거니
분별없는 그 깊이로

뛰어든 인류의 고향
어디서나 훤한 대낮

*라다크 : 히말라야 고원에 있는 1,000년 된 천국과 같은 마을공동체. 스웨덴
의 언어학자 헬레나 노르베리 호지는 주민들과 16년간 함께 지내며 경쟁의
삶이 공존의 삶을 몰아낸 뼈아픈 현장을 〈오래된 미래〉란 책으로 묶었다. 라
다크 속담에 "호랑이의 줄무늬는 밖에 있고, 인간의 줄무늬는 안에 있다."가
있음.

제2부

●

발라낸 손끝에서

●
●

빨랫줄

탱탱히 줄을 당겨
세월을 딛고 선다

꽃샘바람 귀 가두고
볕살 또한 가려 뽑아

구겨진
낯짝을 들고
걸어나갈 손님들

바다의 집

바다는 3층 구조
띠를 둘러 앞을 막다

가까이는 너무 깊고
멀게는 너무 높다

해무로
층을 가리고
집을 한창 짓고 있나

세월, 좁다

열어둔 문틈으로
들여다본 세상 풍경

가을은 저만큼서
거리를 좁혀 온다

잠자리
고추잠자리
손등에 내려앉다.

오솔길

풀포기 나무 둥치 언뜻언뜻 눈에 띄는
검은 흙 돌 바위와 밟히는 낙엽으로
쌓여서 열어둔 데를
데굴데굴
구르는 바람

오지랖 물고 뜯는 모기떼 거느리고
내 영토 침범하는 노략질을 볼 수 없어
한 뼘씩
선을 그으며
물러선 하늘까지

계곡의 물소리가
귀밑을 간질이고
산새들 노래 속에 흩어지는 꽃잎마저
제 얼굴 가누지 못해
드러눕는
그 언저리

바람의 길

갈 길을 찾아가는 발걸음이 어여쁘다
마을로 들어서는
길 없는 길에 들어
가볍게 나선 다음에 털어내는 부끄러움

물 넘지 못하는 산 거뜬히 넘어서고
산 건너지 못하는 물 한 자리에 건너뛰어
제각기 사는 일조차
일과처럼 정연하다.

오래된 고목 가지
안타깝게 흔들 적에
곡성은 휘몰아쳐 사납게 짖어대고
머물던 새떼들까지 감쪽같이 사라진 후

물어 본 그 소식을 감추어 들인 아픔
들내면 속절없이 바꾸어진
행색으로
등거리 거리를 재며
뼘을 그어 길을 간다.

조경造景, 그리고...

날마다 얼굴 파는 도시의 길을 간다.
녹색의 공간으로 바람 속에 뜨는 그림
하나씩 명찰을 달고
날개 달고 팔려간다.

총 대신 꽃을 들고 전장으로 갈 일이다
방치된 공간이나 황폐해진 공용부지
게릴라* 이름 붙이다
깜짝 순간 바뀐다.

눈이 부신 벽보다야 차라리 오래된 미래
화려한 옷을 입혀 나들이 열 올린다
생명의 씨앗 터트려
시를 쓰는 도시 조경

꿀비*가 내리 붓다

모두 모두 나서 보라

성낸 얼굴 돌려놓고 지친 걸음 어루만져

다 함께 모여들 와서

노래하는 뜰의 통로

은지화銀紙畵

　–이중섭 백년의 신화

바닷길 오고가는 쪽배 위의
꽃놀이로
서너 개 각기 다른 구도를 잡아내면
오늘은
확대경으로
꺼내보는 너 모습

담배 갑 은박지가 더없이 고마운데
철필로 내리 그어 홈을 판 바탕 위로
굵은 선
남은 자국에
물감 발라 올린 편지

청자를 구워내다
은입사銀入絲로 오려 놓고
해상도 높여가며 따라 하는 기법이다
그리움
선 끝에 모여
바다마저 넘고 있다.

전란의 남은 상처 발라낸 손끝에서
작은 게 무리들과 한데 얼려 살고 지고
가족은
헤어지지 말
그림으로 내어건다.

이중섭, 그는 소

보라 억척스런 힘 내어뿜는 저 불길
치켜 든 뿔 밑으로 뭉뚝 그린 콧날이며
굳은 입 붉게 다물어 한 세상을 물고 있다.

등받이 솟은 위로 하늘 곱게 받아 이고
차라리 순한 짐승 밤의 고른 치열 위로
대지를 툭 툭 치면서 울음하며 예는 강

하얀 반점 비낀 눈에 시대를 읽고 사는
역경을 딛고 올라 추스러 온 검은 털에
앞 뒷발 틈을 벌리며 다시 쓰는 역사책

근성을 악 다물어 삼생三牲연을 불러놓고
어둠을 마저 녹여 비질하며 재운 시름
거친 숨 고른 호흡에 쥐어짜는 저 바다로

호탕한 소리 질러 열어젖힌 시간 너머
다독거린 지난날을 결 무늬로 새겨 넣고
한 바탕 파도를 몰아 세기를 앞서 간다.

김춘수 유물전시관

동백이 피다 머문
비탈진 바닷가에
갈매기 울음 풀어 잡아맨 환청으로
존재의 꽃이 된 사내 시인의 집을 본다

그날 그 도수 높던
안경은 외출하고
떨리는 손의 크기 풀어 밝힌 언어의 집
릴케의 비가悲歌 더듬어 뜬 눈으로 지새는 밤

도깨비 긴 꼬리에
붙은 불이 시인 것을
금을 연 돌개바람 돌에까지 스며들어
마침내 눈 뜨는 거리 오독誤讀을 풀어낸다.

처진 소나무*

비구니 맑은 눈매 떠 있는 솔잎 위로
바람도 뜸을 들여 머리 숙여 읽고 있는
잠 깨운 새벽의 서운瑞雲 가지 끝을 스쳐간다.

거대한 산을 둘러 감싸 안은 연꽃으로
아지랑이 일고 간 뒤 가라앉는 먼지 있어
다독여 녹인 말씀이 광대무변 깃을 친다.

층층이 받쳐 올려 가까워진 현묘玄妙의 길
지다가 깨우다가 물에 스쳐 씻어 보다
오백 년 걸어온 걸음 한 마장에 풀어낸다.

용틀임 하늘 끝에 내어 건 저녁노을
조화의 신비로운 걸음을 내딛어서
또 하나 큰 산이 되어 우뚝하게 마주 한다.

* 처진 소나무 : 경북 청도군 운문사 경내에 있는 500여 년 수령의 높이 6m, 밑둥
 치 둘레3.5m 크기의 보호수.

국화 삽목

손발을 잘라내고 멀리 떠난 더부살이
끈끈한 정을 이어 다시 사는 약속으로
바람의
결을 보듬어
더듬어 온 너의 하루

이지러진 모난 집에 햇볕마저 가린 다음
척박한 어둠 둘레 모래 속에 싹 틔우다
맨살의
그 심지 끝에
터져 나올 고운 눈매

허기진 날도 골라 이어 펴는 물줄기로
마음껏 누릴 자유 다시 옮길 터를 보아
촉 트는
아픔의 밤을
홀로 지낸 한 생애

낙화 落花

꽃 여울 흘러 넘쳐 바람결에 비가 되고
세상 먼저 마저 걸러
하늘빛이 또렷한데
착지한 지점 가까이 무리 지어 굿판 연다.

때 되어 오는 봄을 느긋하게 즐기다가
흩날려 떨어져도
그 또한 완연한 꽃
시공을 가로 질러서 품어 안는 저 여유

뜬 구름 바람 속에
가는 길 가르키다
잎잎이 눈을 달고 따라 들어 보듬다가
천금의 일각을 두고
잡아 펴는 무량 설법無量說法

빈집

오르내린 입질 속에
비워서 홀가분한
빼앗긴 문턱마다 가림 막을 세워 놓고
아무도 가까이 못할 접근 금지 그 영역

삐죽 열린 철 대문 틈 꽃들이 피어 있다
벌 나비 자주 찾아
누가 여길 빈집 이래
무욕의 뜀박질 속에
들락날락 하는 손님

재개발 현수막에 노을 친 거미줄로
쉴 새 없이 건너뛰는
바람을 앞 세우고
인적이 드문 야트막
저들 끼리 야단이다.

백마白馬를 기다리며

더운 피 걸러 내어
긴 긴 세월 끝에 닿다
점철된 얘기 끝에 달궈 놓은 지구별로
헛이름
날개를 팔아
실려나간 한 생애

명을 받아 내리 닿는
늙은이 가는 길에
가슴이 부풀다가 무너진 억장으로
운명의
묶인 실 풀려
드러내는 너의 모습

보채던 세월 속에
열고 앉은 사유의 강
깨달음 닿는 울안 마주하는 하늘 아래
기필코
연을 이어서
얼굴 드는 백마여

제3부

●

마음으로 보고 느껴

●

●

외계인

마네킹이 앉아 있는
표정 없는 그림이다.

동경銅鏡의 작은 상자
빙글빙글 돌다가도

세상 일
모두 맡기어
거울이 된 스마트 폰

조락凋落

취한 산 허기 지어
들이키는 술잔으로

꿈꾸는 이의 형벌
절명시絕命詩를 쓰고 있나

꽃 하나
무게로 얹어
부활하는 몸짓이여.

변신變身

얼붙은 갯바위가
고기 되어 팔려간다

빙하의 온도계가
최강을 찍은 다음

바다는
찬란한 섬광
탑이 되어 눈부신데

쇠소깍

현무암 지하 냇물
바다와 접선한 뒤
분출된 불의 물이 골을 이뤄 펼쳐지고
하구는 강이 되다가 다시 만난 그 바다

작은 배 띄어 놓고
협곡을 거스르다
우거진 숲속에는 새들이 길을 열고
푸른 물 숲을 이루어 비단으로 여울진다

나뭇잎 물기 젖어
깔고 앉아 펴는 길이
마을이 연못 되어 그 끝쯤 따라들면
쇠소리 한데 섞이어 바다인가 읽고 간다.

* 쇠소깍 : 명승 제78호, 서귀포시 하효동에 있는 자연 하천. 면적 47130㎡. 쇠는
  마을, 소는 연못, 깍은 끝이란 뜻의 접미사

섬진강 푸른 산 그림자

테 두른 반달 모양
눈이 부신 금모래다
산 빛도 사람들도 정갈하게 모여 들어
물 함께 어울린 마을 헹구어서 길을 간다.

푸른 산 그림자가
드리워져 그린 그림
섬섬옥수 배추 단에 비단결로 닿는 굽이
노고단 꽃무리 떼도 무리지어 함께 한다.

온몸을 새빨갛게
달구는 얼굴들도
차분히 가라앉혀 적셔 놓은 강나룬데
발 내린 노을 속으로 이슬 같은 눈을 뜬다.

매창梅窓공원

그대 보내고 사립문 닫는 이 밤
아픔의 물길 열어 천 년 지난 가슴에도
이화우梨花雨 꿈의 하늘로 다시 덮는 그 그림자

향 그린 흙의 내음 달빛 되어 사시는 분
매화꽃 움이 벌면 봄을 주저 앉혀놓고
거문고 한 가닥 울려 되레 빈터 감고 서네.

펼쳐 놓은 비단 한 필 감싸 안은 한 소절로
옷깃 떨군 눈물바다 실려나간 아픔 끝에
품은 한 메아리 되어 하늘 속을 비껴 나네.

채석강採石江과 적벽강赤壁江

변산반도 끝의 어디 바다가 들쭉날쭉
해식海蝕으로 쌓인 책이 만 권은 넘다는데
오늘은 책장 사이로 금빛 물이 길을 여네.

당나라 이백李白이 와 놀던 그곳 여기런가
얼굴 묻는 달을 찾아 법석 뛰어 들어설 적
한 생을 마감 짓는 이 그대 또한 강이 되나

적벽강 타는 물이 일파만파 이랑일 제
흐르는 빛을 받아 꽃과 나무 키워 내고
소동파蘇東坡 외던 그 노래 다시 들어 새기는데

놀던 강 빛난 길에 역사 또한 버물리어
데크 난간 줄을 이어 금빛 바다 짚고서는
파고波高에 떨어 보낸 잠 바람결에 씻어낸다.

안개

아닌 밤중 속수무책 가면 쓴 침입자에
땡전을 쌓아 놓고 흥정을 할까보다
경계선 고삐를 풀며 드러내는 너의 본색

가까이 더 가까이 눈과 귀 틀어막고
너와 나 좁힌 거리 피사체로 대질러서
캄캄한 어둠을 둘러 발을 내린 이 산하

아직은 여유 있어 화두를 꺼내들고
푸는 게 받는 것이라 황급히 돌아서며
살며시 묶인 지갑을 풀고 앉은 저 능청

불의 고리Ring of Fire

눈 먼 돌 끓고 있는
외침의 깊은 늪에
애 태운 기다림의 재촉으로 오는 손질
나선형螺旋形 고리를 풀어 토해내는 마그마

끊어진 줄을 잡고
울먹이는 벼랑 끝에
아직도 너와 내가 내 것 네 것 다툴 건가
물 한 컵 마실 여유도 허여 받지 못한 아픔

생生과 사死 길을 트는
갈림길 이 쪽 저 쪽
잘 읽어 깨달아서 새겨 보는 말씀의 뜻
복원復元의 날을 밝히어 다시 듣는 가르침

수안역 전시관

　- 동래역사문화탐방

동헌東軒을 묻고 물어
길을 찾는 객客이 되다
4호선 수안역* 내려 탐방로 들어서니
말씀의 어진 걸음이 모여 나와 길을 끈다.

기침소리 잦아드는 그 골목 어귀에는
때 아닌 광풍狂風으로 길도 집도 간 데 없고
받들던 고을 큰 어른
화염 속에 누워 있다.

쓸고 간 화적떼로 뿌리 뽑힌 나무 되어
흐느껴 쥐어뜯다 한 걸음도 뗄 수 없어
북망北望의 예를 갖추어
거머쥐는 옷고름

터울 돌아 다시 맞는 닭의 해 하늘 아래
촛불과 깃발들로 나라 안이 벌집이다
가진 것 죄다 버리고
모두 하나 될 일이다.

*4호선 수안역 : 부산광역시 지하철 4호선 수안역은 동래역사문화탐방로가
  시작되는 곳으로 역내에 「유물전시관」이 있음

강진强震* 5.0

개미집 쌓아 놓고 어질 머리 앓고 있다
눈과 귀 다 열고도 착지着地 못한 방향 감각
감전된 전류 하나로 날벼락이 쏟아진다.

뒷북쳐 일어나는 흘러간 강을 보며
도시는 먼지 속에 천방지축 널을 뛰고
배부른 시간을 꺼내 다시 줄을 거머쥔다.

가뭇없는 하늘 아래 감고 도는 눈 먼 세상
북받친 설움 쏟아 얼굴 하나 보듬을까
코기토* 주린 가슴에 화두話頭 하나 놓는다.

* 2016년 7월 5일 20:30시 울산 동쪽 52Km 해역에 일어난 강진(5.0)은 부산 울산 경상도를 축으로 하여 전국에 감지되었는데, 일부 지역에서는 수백 명이 대피하고 그릇과 화분이 깨졌으며, 부산(진도3.0)에서도 고층 아파트가 심하게 흔들렸음

* 코기토 : 라틴어 Cogito. 철학적 사고. cogito, ergo sum(코기토, 에르고, 숨 ; '나는 생각한다. 고로 존재한다'는 데카르트의 말)

동래부 동헌東軒

가지런한 성벽 위로
깃발들이 가득하다
원님은 고개 숙여 나라 일을 근심하고
사관士官은 긴 팔을 걷어 화살촉을 다듬는다.

숨겨둔 곳간마다
숨을 쉬는 작은 생명
산성山城으로 옮겨 나갈 낟알과 병장기로
동남방 보루 지키는 무관의 눈빛 하며

성문을 닫아걸고 투호나 널을 뛰다
노둣돌 받침대에 흘러내린 비문碑文 읽어
큰 칼에 주리를 틀던
판그림도 새겨 본다.

오늘은 동래 장날 깃발 들던 그날이다
삼일운동 만세소리 아직도 쟁쟁한데
4.18 학생 의거에
탄핵 열풍 바람 분다.

동래 향교鄕校

반화루攀化樓* 문턱에는
옷자락 섶이 넓다
널브러진 대청마루 밝은 눈빛 살아 있어
고을을 지킨 임들의 너름새를 알 만하다.

덜 마른 장작 위로
다듬던 뒤안길이
더러는 꽃이 되다 불도 켜는 연밭 사이
단 위의 은행나무도 글을 읽어 의젓하다

현성賢聖군자 모신 앞에
숨결 담아 조아리면
가지런히 모여 와서 경經을 받든 백관이여
지척을 사이에 두고 나라 걱정 태산이다.

울이 된 담을 따라 내친 걸음 크게 떼어
서장대西將臺 잠을 깨는 나무 찾아 올라서니
그날의 목숨 내준 임
손을 잡고 함께 한다.

*반화루(攀化樓) : 향교의 정문. 반화루는 '반용부봉(攀龍附鳳)'에서 따온 말로
"용을 끌어 잡고 봉황에 붙는다"는 뜻으로 훌륭한 임금을 쫓아서 공명을 세
움을 비유한 말. 동래향교는 조선 초에 설립된 지방의 국립학교로 임란 때 불
에 탔으며, 그때 문묘의 위패를 지키다가 교수 노개방과 제자 문덕겸이 순절
했음.

충렬사忠烈祠*

내가 선 곳 나의 무덤 결연한 의기義氣 앞에
식상한 인사치레 걷어 올린 봄날 아침
사람들 머리 숙이며
향香의 내음 길을 튼다.

충렬 본전本殿 계단 아래 다시 피는 층층 꽃불
가득 채운 울안으로 들려오는 임의 외침
전사이戰死易 가도난假道難이라
감히 누가 맞서리까.

인생문人生門* 문을 나서 살 수 있는 길보다는
차라리 죽음 택해 하늘 붉게 물들이리
수놓은 천 년의 강물 굽이굽이 내리닫다.

항일의 애국 투쟁 활활 태운 불볕 아래

동래성東萊城 성벽 위로 아직 타는 불꽃 있어

나무도 그늘을 느려

고개 숙여 함께 한다.

---

* 충렬사(忠烈祠)는 부산광역시 동래구에 있는 임란 때 순국한 공신의 위패를
  모신 사당. "전사이(戰死易) 가도난(假道難)"은 임란(1592년) 발발초 동래성
  이 함락되기 전 송상현(宋象賢) 부사가 길을 빌려달라는 왜군에게 한 말, 인
  생문(人生門)은 임진왜란 때 이 성문으로 몸을 피한 이는 살아났다는 이야기
  가 있는 문.

제4부

고전의 바다를 건너

시경詩經

더불어 날을 새는
더없이 순수하다

향香 또한 그윽하여
살아 펄펄 피가 돌고

묶어 낸
손의 끝마다
금빛 보석 달려온다.

맹자孟子

천성天性을 풀어내어
불을 밝힌 자리 본다

성선설性善說 사단 지심四端之心
별이 된 하늘 아래

길을 튼
강물이 있어
세상 어둠 다 적신다.

대학大學

보이는 하늘 빌려
신神이라 불러놓고

주재主宰하는 길을 따라
문패 걸어 문을 연다

덕德의 길
제 몸 닦아서
얼굴 더욱 훤하다.

논어 論語

틈 없이 짜서 열어
한 생애의 모본이다
인仁으로 자리 깔아 넉넉하게 펼쳐 놓고
스무 편 오백의 장章에 흘러넘친 오천 자

사무사思無邪 시 삼백을
한 자리에 올려놓고
즐기는 그 날 아침 예禮와 악樂도 고루 섞어
모여 온 벗님과 함께 풀어보는 세상 이치

위 아래 두루 돌아
대인大人의 길 우뚝하다
천하를 돌아보며 열어 놓은 강물 소리
밑그림 다 그린 다음에 길나서는 현자賢者여.

노자老子

덮여간 물결소리
주야로 들려온다.
천지를 열고 앉아 어머니 된 근원으로
고전古典의 넓은 바다를 건너가는 그대여.

같은 배 한 터울에
도道와 덕德을 담아 놓고
고르게 밟아 골라 끝없이 가는 길에
불변의 하늘 끝으로 솟구치는 빛 떨기

텅 비인 자리마다
가득 차는 보배로움
이룬 공 물러나와 얼굴 드는 어린이로
무위無爲의 천년 세월이 바람 되어 앞에 선다.

중용 中庸

하늘에서 시작하여 하늘로 끝을 맺다
지인용知仁勇 셋으로서
근본을 삼은 다음
삼가는 말과 행동으로 가르침을 새긴다.

큰 그릇 가운데에 중中과 화和를 담아 놓고
생성의 끈을 이어
넘나드는 조화調和의 강
들어 와 자리 앉으니 정한 길이 반듯하다

활짝 연 집의 안에 가득 차는 연이 있어
꽃잎에 물이 들어
열매 맺는 연분으로
깨달음 더욱 깊어져 담은 뜻도 높아라.

서경 書經

오래된 과거에서
꽃물 든 탑을 본다.
마음을 다스려서 멀리 앞을 내다보며
사리에 옳고 바른 길 뚫고 나가 이른다.

막힘이 없는 경지
한 나라를 경영하다
덕으로 올려 놓은 기언체記言體의 숨긴 족적
왕조의 펼쳐진 세계 온 누리에 가득하다

갖춰진 법에 따라
근본을 찾아본다
만물에 드러나는 조화로운 길을 통해
모본의 계보 만들어 되새기며 읽는다.

홍범洪範*

막힌 데 뚫어 놓고
나라 일을 펼쳐 든다
하늘의 법法에 따라 하나하나 풀어가며
투명의 열리는 진실 반듯하게 앞을 끈다.

오행五行*을 뼈대 삼고
사事*와 정政을 붙여 놓아
조목조목 짚어가며 틈 없이 나서는데
쌓이는 덕德의 빛으로 밝아지는 세상이다.

하늘 끝 넓은 천지
손을 내민 반석 위로
거두어 실어 보다 헤아리며 닿을 즈음
만사가 쉽게 풀리어 반듯하게 돌아간다.

---

*홍범(洪範) : 홍범구주(洪範九疇)를 줄인 말. 은나라 현자(賢者)인 기자(箕子)가 은
의 멸망 후, 주(周)의 무왕(武王)을 위하여 세상의 근본과 왕도의 옳은 길을 깨닫게
한 가르침. 오행(五行)에서 오복(五福)에 이르기까지 9가지로 세목을 나누어 설명
하고 있다.
*오행(五行) : 수 화 목 금 토(水火木金土)
*사(事) : 오사(五事). 인간의 삶의 바탕이 되는 5가지 태도나 일. 정(政) ; 팔정(八
政). 나라를 다스리는 중요한 8가지 분야.

주역周易[*]

태극太極에 음양陰陽으로
풀어내는 천문 지리
인간이 사는 세상 꽉 짜인 질서 있어
틈 없어 넘치지 않은 진실을 찾아간다.

세상의 문을 열고
관계 지어 얼굴 드는
날개 달린 새의 형국 날아드는 모습이다
예단豫斷한 내일의 일이 눈앞에 펼쳐진다.

싹이 튼 꽃나무에
때 되면 꽃이 핀다
우리네 사는 세상 빛과 그늘 함께 와서
철학哲學의 밑그림 그려 자리하는 그 인연因緣

*주역(周易) : 중국 주(周)나라 때의 경서, 삼경(三經)의 하나, 천문, 지리, 인사,
물상(物象)을 음양(陰陽) 변화의 원리에 따라 해명한 유교의 경전(經典).

안중근

 – 기념관 개관을 보며

송화강 버들 갈 숲 걸려 있는 노을 보라.
초막들 드문드문 역사 속에 버려진 땅
한 사내 불꽃 사루다 눈을 뜨던 그 들녘

동토를 녹이고도 되레 남는 그 온기로
빼앗긴 겨레의 혼 다시 찾아 옷을 입고
오늘은 얼굴을 씻어 고개 드는 할빈역

그늘진 뒤안길로 숨을 죽인 역사 앞에
먼 훗날 하늘 너머 다시 올 봄을 보며
그대의 타는 뼈 울음 사무치게 녹아 있는

가슴을 쥐어뜯는 겨레의 한限 매듭 엮어
돌아 온 유품으로 그날 일을 되새길 적
북극성 반짝이는 별 천 년 앞을 밝혀 든다.

열하일기熱河日記*

 – 박지원을 그리며

등용문登龍門 뿌리치며 과장科場를 빠져나다
저항의 몸놀림에 끊어버린 갓끈으로
걷어찬 우상偶像을 딛고 길을 뜨는 박지원朴趾源

스쳐간 벌 끝마다 담겨 오는 세상 풍물
벽돌 한 장 거름 한 삽 온 몸으로 읽어가며
열하熱河를 머리에 이고 강을 건너 가는 사람

오랑캐 말발굽에 무딘 습속習俗 잘라내어
밭 갈고 누에치다 질그릇도 굽는 여인
녹슨 쇠 연장 만들며 땀을 닦는 남정네

금서禁書로 묶어 두다 눈을 뜨는 이 아침에
수라修羅의 아귀다툼 그림 얹어 내어 놓고
노숙의 강변에 누워 밤을 새는 투명의 길

*열하일기(熱河日記) : 1780년 청나라 건륭 탄생 70주년 기념 축하 사절단의 비
  공식 수행원으로 북경을 방문한 박지원의 기행문으로 책이 나온 1783년부터
  100 년 간 금서(禁書)로 묶임.

척판암擲板庵* 에서

산단産團이니 원전原電이니
그런 어려운 이름 말고
발 아래 긴 긴 세월 사위의 둑 틔어 놓고
초록의 물길을 쏟아 푹 잠긴 근심을 푼다.

갇혀 지낸 오랜 인연
헐어내는 단상 앞에
차라리 천 길 물 속 물의 기둥 길이 되어
바깥의 눈부신 뜰을 살펴보며 걷는다.

때 되면 송두리째
깔고 앉은 그 바다에
한 골짝 열고 앉아 외롭지 않은 임의 말씀
널빤지 던진 글발이 눈에 와서 꽂힌다.

* 척판암(擲板庵) : 부산 기장군 장안사에 딸린 암자. 원효대사가 널빤지에 해동원
  효척반구중(海東元曉擲盤救衆)이라는 여덟 자를 써 하늘로 날려 보낸 신술로, 중
  국종남산 태화사(운제사)의 수많은 신도를 구했다는 전설이 있는 절.

니체를 읽으며

탈출한 젊은 열기 접고 앉은 한나절에
바람이 구름을 몰아 서창에 기웃거려
고개 든 생의 화두話頭를 꺼내들어 반추한다

미완의 세속사에 얽매어 지낸 나날
초극의 빈 공간으로 헤엄치는 사유의 강
어느새 맑게 걷히어 구름 한 점 없구나

자존의 펜을 들고 자아를 들어내면
고뇌의 아픈 생채기 물결치는 생의 이랑
아직도 덜 여문 길을 두드리며 길을 간다.

매미의 덕德

볼수록 작은 것이 되레 몽실 옹골차다
그 날개 실린 기운 푸른 하늘 담아놓고
익선관翼蟬冠
이름을 올려
근본 또한 남다르다

누가 누구 더러 먹을 것을 달라 했나
한 방울 맑은 이슬 넘치는 수액으로
족한 것
남아돌아서
지천으로 널려 있다.

알곡이 여무는 시간 매달리는 들녘이다
탐스러이 부풀던 임 과육 또한 단물들 제
잎새만
만지작이며
그늘만큼 크는 울음

걱정도 이제 그만 시름 또한 비운 터에
살 곳을 따로 정해 바빠할 리 더는 없다
예비豫備된
칠 일을 위해
칠 년 세월 보내온 너

한 편의 절창으로 식혀 놓은 팔월 염천
뽑아든가락마다 출렁이는 강물소리
오덕五德전을
갖춘 선비가
전塵을 걷어 들일레라.

제5부

●

그리움 문 밖에서

●
●

부다페스트

자유화 물결 넘쳐
밀려 덮던 광장이다.

갈라진 둘을 묶어
하나로 만든 다음

쏟은 피
땅을 적시어
도나우로 흘러든다.

트레비 분수*

같은 곳에 모여 나와
동전을 던져 본다.

물 뿜는 분수 속에 묶이는 사랑으로

그 휴일
영화에서처럼
옷을 벗는 연인들

모나리자

　– 루브르 박물관에서

시공을 건너 뛰어
불을 밝힌 꽃길이다

그리움 문 밖에서
가슴 한쪽 적셔 놓고

세상의
좁은 울안을
넘나들며 덮는 미소

파리 벼룩시장

바쁘게 돌아가는 눈길로 덮인 나라
잠을 깬 얼굴마다 포복하는 소문들이
일시에 풀려 나와서
펼쳐놓은 그림이다.

실어증 앓고 있는 이방인의 어깨 위로
한 무더기 비애 얹어 열려나온 꽃잎 되어
도화선 불쏘시개로
차라리 밤은 곱다.

도심을 끌어 올려 모여든 빛을 본다
고궁이나 박물관의 걸려 있는 달보다는
더 진한 냄새가 난다
허기 풀고 길 나선다.

몽마르뜨르 언덕

멱을 감는 저 눈동자
맞물려 돌아간다
초여름 파리 날씨 또 한 판의 그림인데
계단을 비집고 올라 열고 앉은 화상의 집

울긋불긋 꽃잎 엽서
쌓아 둔 좌판대에
소리도 덤을 얹어 팔려가는 그림 아래
파리는 잘려 나간다
언덕마저 끊어 판다.

뚝 뚝 뚝 점을 찍어
웃음도 그려 넣고
분칠한 얼굴 위로 덧칠하는 바람소리
초원의 진한 사랑도 그림 되어 다시 핀다.

에펠탑*

뻗어만 가는 도시 여기 와서 모여 든다.
라더팡스 건너 뛰어 발길 돌린 파리 얼굴
광장을 탑돌이 하며
돌아 나와 타는 열차

직립의 철로 위로 융단을 깔고 앉아
차라리 하늘은 낮다
칸을 성큼 건너뛴다.
철탑의 삼백여 m 위로 미끄러져 오르는 길

'빨리빨리' 내지르는 큰 소리에 귀가 번쩍
반가운 마음보다 부끄러워 붉힌 얼굴
파리를 밟아 고르는
거침없는 사람들

세계인이 모여 오는 그 심장 가운데에
한 눈에 담아 보는 첨단 과학 보물 상자
인종의 전시장인 곳
관광의 말(馬)이 된다.

*에펠탑 : 높이 320.75m, 전망대 높이 274m 에펠탑 건립을 반대한 모파상은
파리 시내에서는 탑이 보이지 않은 유일한 곳이라는 이유로 이곳 에펠탑 1층
에서 즐겨 점심식사를 했다고 한다.

베에토벤의 집*

환상의 고운 꽃길 마음 들떠 오르다가
솔가지 가지 꺾어 술을 파는가게 본다
작은 전廛 깃발 만들어
담장마저 가렸구나

가난을 숙명으로 짊어지고 가는 생애
나라님 구할 길도 차마 손을 섞지 못해
날 새면 다시 옮겨갈
거처 하나 없는데

눈 먼 이 눈을 뜨는
밝혀놓은 어둠의 강
오선지 내어 밀고 단잠 든 어느 날에
전원의 교향곡으로
감염되는 기쁨이여

마음을 비운 뒤라 하는 일도 가난하다

안과 밖 넘나들며

스쳐 지나 잊던 얼굴

시대를 가로 질러서

다시 찾아 귀를 연다.

*베토벤은 지극히 가난하여 생전에 80여 곳이나 전전(이사) 했는데, 비엔나만
도 그의 생가 표시가 되어 있는 곳이 13곳이나 된다.

비엔나 시립공원Stadt Park*

비엔나 공원에는
바람마저 악보樂譜 된다.
낮은 음 음계에서 딛고 오른 계단 위로
눈 익은 조각상들이 손 흔들어 답하고

왈쯔곡 배경 인물
베고니아 꽃시계도
낮은 음 가둬놓고 움직이는 테를 둘러
다뉴브 물결이 되어
안단테로 흐른다.

박자 맞춘 거리마다 축복의 날은 와서
되살아난 악상樂想으로 물을 뿜는 스프링클러
달콤한 음악의 향훈
마구 뿌려 넘친다.

*Stadt Park : 속칭 왈쯔의 광장. 광장 입구에 요한스트라우스 2세의 조각상이 서
있고, 다뉴브강이 광장을 관통하여 흐르고 있다.

국경 초소哨所

　－ 헝가리에서 오스트리아로

담 없는 이웃집을 넘나드는 풍경이다
검문이나 몸수색도
하천이나 강도 없다
여권만 눈 여겨 보고 그냥 통과 하라 한다.

경관이나 군인들도 철조망도 뵈지 않고
키가 큰 해바라기 간혹 기침 하고 서는
야국장野菊場 거류지인가 정거장만 있는 곳

노란색 벌을 지나 배웅하는 옥수수 밭
푸른 눈 헝가리언 다뉴브 물결 얹어
잔잔한 예향의 마을 그 마을로 들어선다.

엉겅퀴 뒤얽혀서 조화로운 꽃길이다
더러는 고추밭에 심어 놓은 마늘까지
들 구경 한창 때인가
초여름이 익어간다.

콜로세움*

−그 원형의 경기장을 보며

원형을 밟고 가는 순교의 그림 본다
가장 낮고 천한 이는 황제도 다름없다
역사를 주무르다가
경전經典까지 바꾼 이들

닫힌 문 열어 놓고 불구경하고 있는
먼 옛날 아귀들의 핏발 선 눈을 보며
활활 탄 도시의 바닥
검은 뼈가 된 화석

환생의 참한 진실 도륙하여 묻어두고
나 하나만 믿으라며 신을 죽인 이름이여
달콤한 유혹에 빠져
미로迷路 되어 써진 역사

---

*콜로세움 : 수많은 선지자들을 처형한 원형의 경기장. 로마를 불태운 네로. 통치의
  수단으로 경전을 뜯어고친 콘스탄티누스 등으로 본래의 교리가 많이 달라짐

나폴리에서

덩굴손 뒤엉킨 벽
종이학이 날고 있다
남국의 타는 볕에 몀을 감는 분수 하며
올리브 나무 숲 속에 얼굴 감춘 붉은 벽돌

나폴리 오는 날은
장날이 따로 없다
소형차 밀려들어 높아가는 주차 빌딩
옷 벗은 연인들 모여 하늘마저 눈부시다.

합창하는 산타루치아
돌아오라 소렌토로
눈요기 해변 풍물 담아 놓는 셔터 속에
흰 구름 편편 흩어져 바다 속살 드러낸다.

대마도 기행

먼 옛적 박제상*의 꾸짖음이 들리는 곳
덕혜옹주 울음소리 최익현의 호통까지
오늘은 항도 낚시꾼
떼를 지어 덮고 선다.

맨발로 줄을 지어 뜀뛰기로 바쁜 학동
마을 안의 돌무덤은
성역이 된 저네 조상
떠도는 바람마저도 신으로 모신 나라

삼나무 편백 숲길 터널 속에 빠져들다
환하게 웃고 있어 따라 들어 걷다보면
임도의 좁은 길마저
차라리 드넓구나

작은 차 작은 이들 모여 사는 이 마을에
경상도의* 대마도로
그날 되어 찾아보며
통신사 가던 길목에 회한의 잔을 든다.

전망대 올라서서 고국 하늘 바라본 뒤
지구의 축을 놓고 새긴 시구 읽어가다
갈림길 덫 갇힌 사슴
놀란 짐승 따로 없다.

*박제상 : 신라 눌지왕 때 충신. 당시 볼모로 잡혀 있던 왕자를 구출한 후, 붙
   잡혀 왜나라 신하가 되기를 종용하자, 차라리 죽어 계림의 개, 돼지가 되는 게
   낫다고 함.
*김정호의 대동여지도에 보면, 탐라도는 전라도, 대마도는 경상도의 부속도서
   로 되어 있음. 조선 중기 공도(空島)정책으로 임란 전후 대마도는 일본령이 됨

윤봉길* 의사 순국기념탑

– 상해 노신공원

고개, 고개 들면 출렁이는 강물 소리
오천 년 이어 온 꿈
끊어 놓은 허리쯤에
크신 뜻 가슴에 담아 한데 쏟아 붓던 그 임

보듬어 쓰다듬고 다시 보며 눈물 뿌려
거친 들 흔들어서
깜짝 놀란 지구별에
또 한 번 다시 흔들어 임의 뜻을 새겨 지고

서로 손 마주 쥐고 어울려 춤을 추리
들썩이는 들녘마다
번져나간 불길 되어
흘린 피 높고 귀하여 다시 질러 불길 되리

난파된 조각배에 가득 실은 짐을 안고

만경창파 뛰어들어

헤쳐 나와 닿던 여기

광복된 조국의 하늘 깃발 걸어 뜻을 잇나.

*윤봉길 : 일제강점기의 독립운동가. 지금부터 85년 전인 25세 때, 1932년 4
월 29일 일왕의 생일날, 행사장에 폭탄을 던져 일본 상하이파견군 대장 등을
즉사시키는 거사를 치르고 현장에서 체포되어 총살되었음. 상해 노신공원에
윤의사의 기념관과 의거 기념탑이 있음

상해임시정부청사

골목길 열을 지어 그 길섶 찾아들다
사람도 간판들도 등을 돌린 낡은 이층
짓이긴 어둠을 발라 꾸며 놓은 집이 있다.

눈바람 몰아치는 황량한 벌의 끝에
밭 갈아 씨를 넣어 깊은 밤 지샐 적에
형형한 별빛을 받아 돋는 싹의 꿈을 보다

때 묻은 낡은 책상 접어둔 의자 위로
역사의 수레바퀴 맨 손으로 돌려가며
기약한 임과의 맹세 피눈물로 적는 일지

겨레여 우리에겐 아직 남은 힘이 있어
이내 몸 천 번 죽어 다시 찾을 강산이면
거친 들 넘친 격랑도 누가 이를 피하리까

| 이성호 시인의 연보 |

- 1945년 출생(경남 진주시 대곡면 마진리 갓골)
- 경북대 사대 입학('64~) 후 김춘수 교수로부터 시론 강의를 듣고 '현대 시연구회' 동아리 활동으로 학보 등에 작품을 발표함. 재학 중 논문 '후 진사회에 있어서의 지식인의 역할'('66년), '전환을 위한 시론'('67년) 등 을 경북대학보와 국어국문학회지에 발표함
- 군복무(육군 병장 만기전역, 1973년)
- 부산시조동인 '볍씨'('74년), '동백문학'('81년) 창간에 참여.
- 〈시조문학〉시조 추천완료('82년)
- 〈시와 의식〉자유시 신인상수상('86년)
- 〈부산진문예〉('95년)와 〈청람문예〉 창간('02년)
- 부산 교사 시조연수(제1회) 기획, 주무('01년, 동래교육청)
- 부산교육연수원, 학부모교육원 등의 기관에서 교사, 학부모, 시민을 대 상 10여 년간 학교경영, 5차원전면교육학습법, 인문학 등의 강의를 맡 음.
- 부산문인협회 상임이사, 부회장, 부산시조시인협회 부회장 등을 맡음.
- 부산시내 5개 중고등학교(금곡중 등) 교가 작사
- 청소년글짓기공모(7년간), 청소년예술제(백일장, 시조창경연) 대회장, 교직망월회 회장, 부산대교육대학원 원우회장, 재령이씨부산종친회장, 청소년문예진흥회장, 부산진구문화예술인협의회장, 5차원전면교육 부 산회장(연수원장) 등을 맡음.
- 일요취미회, 우리문화회, 삼양회(종합예술), 부산향토문화연구회, 샘과 가람, 새미시연구회, 석필(수필), 회원(동인)
- 라디오방송(FM104.9Mhz) 칼럼 발표('09.~10년, 총 85회, 매회 5분 간)
- 부산광역시 중등학교 교사, 교감, 장학사, 장학관(동래교육청학무국 장), 화명고, 부산남일고, 기장고 교장.

- 부산광역시 교육위원, 교육감 선거에 출마
- 기장고교 교장 재직 중 정년퇴직('08년)
- 성파시조문학상(2000년), 부산문학상(본상 '06년), 황조근정훈장('08년) 받음
- 현재 부산시조시인협회, 부산시인협회, 부산문인협회, 한국문인협회 회원

〈저서〉
- 시조집 : 『오오랜 가뭄 끝에』, 『도덕경을 읽는 나무』, 『꽃물 든 탑을 보며』
- 시집 : 『토끼의 발톱에 이는 구름』, 『우리 모두 하나 될 수 있다면』
- 칼럼집 : 『구겨진 종이를 펴듯』, 『행복은 소리 없이 온다』 외 공저 다수

시조라는 통발의 미학

권 혁 모

"통발은 고기를 잡기 위한 도구이며, 고기를 잡고나면 그 통발을 잊는다.(筌者所以在魚 得魚而 忘筌)" 장자莊子의 외물편外物篇에 나온다. 이어지는 이야기는 "올가미는 토끼를 잡기 위한 것"이라 하였고, "언어(말)는 뜻을 전달하는 것"이라 하였다. 그리고 "언제 말을 버리는 사람을 만나 더불어 말을 해 볼 수 있을까" 하며 자문하고 있다. 말을 버려도 될 진솔한 마음 교감이 얼마나 소중한 것인가를 보여준다. 언어조차도 '그 안에 담고 있는 뜻을 위한 것'이라 하지 않았던가?

이쯤에서 '시조라는 형태 미학의 본질적인 의미는 무엇일까?'라는 명제에 이르게 된다. 장자의 외물편을 차용하면, '시조라는 3장의 형태는 분명 시를 위한 도구이며, 그 시가 완성되면 시조의 형태를 잊는다.'라는 해답에 귀결된다.

그럼에도 불구하고 고기가 보이지 않는 빈 통발이 시조단에서 어렵지 않게 보인다. 통발만을 사랑(?)하다 고기라는 본질을 지나친 것이다. 고기가 들어 있지 않은 통발을 그것도 화려하게 엮어내는 즐거움에 자아도취 되어 있는 것이다.

결국 시조의 종점은 시조를 떠나야 한다. 3장 6구의 형태 속에 바이블처럼 갇힌 것이 필요충분조건이 아니라, 다만 이는 필요조건일 뿐일 것이다. 마음의 선율을 건드릴 수 있는 온전한 서정성을 또 다른 필요조건으로 요구하고 있는 것이다.

이런 저런 현대시조의 흐름 속에서 《시조미학》지난 겨울호에 발표된 작품을 눈여겨 바라본다. 청의 위원魏源은 "거문고나 바둑에 뛰어난 이는 악보나 기보에 매달리지 않는다.(善琴奕者不視譜)"라고 하였다. 뛰어난 연주는 악보 너머에 있고, 진정한 바둑은 기보를 떠나서 있는 것.

시조를 사랑하는 사람들이 이르고자 하는 시조의 종착지는 바로 현대시poem에 있다. 창작되어지기 이전의 시정신이 아무리 좋았더라도, 그것이 온전한 서정성으로 형상화 되지 않은 시조는 벌써 시조가 아닌 것이다. 작금, 현대 자유시가 지극히 이미지를 중시하는 기교 쪽으로 치중하는 추세라고 본다면, 이는 시의 본질적인 음악적 기능을 크게 반가와 하지 않는다는 반증이기도 하다. 자유시가 사상(감정)과 리듬(음악)이라는 시의 생래적 특성 중 한 축을 도외시하고 있다면, 시조는 그 두 가지를 아우르는 형태 미학적 특성을 지니고 있다. 결국 시조가 자유시에 비하여 비교 우위의 입장에 있다는 것이며, 시조시인 또한 끝까지 시조이기를 지향하고 있는 것. 그 질박한 도구를 사용하여 독자의 마음을 사로잡고 있는 것이다.

흔히 우리는 시조 한 편에서의 비중을 단수보다는 연수 쪽에 두려는 경향이 있다. 통상 3수 내외가 연이어 있을 때, 그만치 시의 확장성과 안정성이 확보될 수 있을 거라는 기대감 때문일 것이다. 또한 단수에는 다 담을 수 없는 시상을 여유 있게

펼칠 수 있을 뿐만 아니라, 현대라는 복잡한 삶의 구조 때문일 수도 있다. 또한 단수의 호흡으로는 시적 역량을 분석해 내기가 쉽지 않을 것이다.

시조에서 연작의 완성은 단수라는 3장 구조를 확대할 필연성이 있을 때 가능하다. 수와 수 놓임의 유기적인 구성에서 장쾌한 서정성을 이끌어 갈 시적 동기가 있어야 할 것이다.

> 보라 억척스런 힘 내어뿜는 저 불길
> 치켜 든 뿔 밑으로 뭉뚝 그런 콧날이며
> 굳은 입 붉게 다물어 한 세상을 물고 있다.
>
> 등받이 솟은 위로 하늘 곱게 받아 이고
> 차라리 순한 짐승 밤의 고른 치열 위로
> 대지를 툭 툭 치면서 울음하며 예는 강
>
> 하얀 반점 비낀 눈에 시대를 읽고 사는
> 역경을 딛고 올라 추스러 온 검은 털에
> 앞 뒷발 틈을 벌리며 다시 쓰는 역사책
>
> 근성을 악 다물어 삼생三生연을 불러놓고
> 어둠을 마저 녹여 비질하며 재운 시름
> 거친 숨 고른 호흡에 쥐어짜는 저 바다로
>
> 호탕한 소리 질러 열어젖힌 시간 너머
> 다독거린 지난날을 결 무늬로 새겨 넣고
> 한 바탕 파도를 몰아 세기를 앞서 간다.
>
> — 이성호 「이중섭, 그는 소」 전문 (《시조미학》 겨울호)

지난 여름 덕수궁 현대미술관에서 눈길 떠나지 못했던 이중섭 화백의 소를 이성호의 「이중섭, 그는 소」에서 다시 만난다. 한 시대의 파란만장한 생애를 살아 간 이중섭, 그의 그림 세계는 소를 소재로 한 향토성 짙은 작품과 사랑하는 가족들을 동화적으로 그려낸 천재 화가였다. 그가 즐겨 그렸던 '소'라고 하는 대상물은 언제나 감정을 이입한 강한 필치와 색상으로 미루어 야수파 화풍에 심취하였음을 알려 주고 있다.

소재가 된 '소'는 단순한 피조물이 아니라, 한 시대의 어려운 삶을 살아가고 있는 민초들의 아픔이기도 하다. 또한 자신이 처한 삶의 고뇌를 진솔하게 표현하고자 하는 몸부림일 수도 있다.

이성호의 「이중섭, 그는 소」는 바로 이중섭이 담아내고자 하는 그림 세계를 서정적인 시선으로 다시 읽어내고자 함에서 비롯된다. 작품 안에 이중섭이 의도하는 의도적인 색채와 터치를 통한 강렬한 부호를 이성호가 확대 재구성하고 있다. 그리하여 화가의 감수성과 시인의 서정성이 멀지 않은, 가까운 곳에 있음을 확인할 수 있다.

'한 시대를 살아 갈 소의 운명→ 순응하며 살아가는 모습 → 응전하는 자세 → 삶을 위한 도전 → 미래를 향한 각오'를 풍자적인 기법으로 풀어내고 있다. 이중섭이 '소'라고 하는 캐릭터로부터 카타르시스적인 위안을 얻을 수 있었다면, 이성호는 여기서 비롯된 회화적 DNA에서 시인의 또 다른 시선으로 생명 현상을 분석해 내고 있다.

– 2017년 《시조미학》 봄호

*권혁모 : 동아일보신춘문예 당선(1984년) 시조시인, 평론가. 한국시조시인협회 기관지 《시조미학》, 《시조세계》 계간평,《스토리문학》 월평 등

생활감정을 투사하는 현대시조의 현시성現時性

백승수

  이번에는 우리나라의 향토적인 명승과 고적 등의 자연 이미지를 통하여 소위 아케이즘을 구현하고자 하는 감정을 피력하는 경우를 예로 들어 보자.

  이는 과거의 것을 보다 현대적인 의미로 새롭게 한 흔적을 엿볼 수 있는 모습으로서의 아케이즘이며, 자연이미지 중에서 가장 한국적인 이미지로 되살린 모습을 보여 주거나, 소위 〈무엇을 침착하게 보고 느낀다.〉는 것을 넘어서 이를 현대적 감각으로 스케치하여 육화 시키는 그런 의미이기도 하다.

    그대 보내고 사립문 닫는 이 밤
    아픔의 물길 열어 천 년 지난 가슴에도
    이화우梨花雨 꿈의 하늘로 다시 덮는 그 그림자

    향 그런 흙의 내음 달빛 되어 사시는 분
    매화꽃 움이 벌면 봄을 주저 앉혀놓고
    거문고 한 가닥 울려 되레 빈터 감고 서네.

    펼쳐 놓은 비단 한 필 감싸 안은 한 소절로
    옷깃 떨군 눈물바다 실려나간 아픔 끝에
    품은 한 메아리 되어 하늘 속을 비껴 나네.

                        - 「매창공원」 전문

변산반도 끝의 어디 바다가 들쭉날쭉
해식海蝕으로 쌓인 책이 만 권은 넘다는데
오늘은 책장 사이로 금빛 물이 길을 여네.

당나라 이백李白이 와 놀던 그곳 여기런가
얼굴 묻는 달을 찾아 법석 뛰어 들어설 적
한 생을 마감 짓는 이 그대 또한 강이 되나

적벽강 타는 물이 일파 만파 이랑일 제
흐르는 빛을 받아 꽃과 나무 키워 내고
소동파蘇東坡 외던 그 노래 다시 들어 새기는데

놀던 강 빛난 길에 역사 또한 버물리어
데크 난간 줄을 이어 금빛 바다 짚고서는
파고波高에 떨어 보낸 잠 바람결에 씻어낸다.

― 「채석강採石江과 적벽강赤壁江」 전문

　역사적 인물의 이름을 딴 공원에서 옛날을 회상하거나 감흥
에 젖는 것과 더불어 강이라는 수평적 이미지를 드러내어 자
연스럽게 정감을 표현함으로써 사유의 통섭이나 송출 등으로
이미지를 나타내어 감정을 순화하고자 한 흔적을 엿보게 한 작
품으로, 여행에서 보고 느낀 점을 나름대로 독특하게 기호화
한 것으로 우연한 인생의 깊이를 표출하는 것 같아 흥미롭다.
　이성호 시인의 「매창공원」은 매창이라는 이름과 매화가 지
닌 이미지를 더하여 조화를 이루고 있으며, 뒤의 작품에서는
강과 이태백, 소동파와 적벽부가 순차적으로 드러나게 하여 멋
과 조화를 잘 살리고 있다. 더구나 채석강과 적벽강에서의 이

미지 표출은 수평 공간적 기호 체계를 성립하고 강변에서 흔히 볼 수 있는 여러 가지 꽃과 나무 그리고 환상적인 노래 같은 이미지가 카탈로그 식으로 언급되며 시간과 공간을 넘나들어 과거를 회상하는 모습은 중국 한시의 이상은의 곡강曲江의 시의 이미지와 상통하는 면이 있다.

금여불반경성색金輿不返傾城色
옥전유분하원파玉殿猶分下苑波

"임금의 황금수레도 어여쁜 이 돌아오지 않고
전각을 안고 출렁이는 곡강의 흐름이여."

위의 작품은 소위 야콥슨에 의하여 발전하여 시를 해석하는 데 멋지게 들어맞는 요소로 확립하여 써졌는데, 앞에서 설명한 유사성과 인접성의 혼용에서 오는 은유와 환유라는 개념을 도출함과 같아 현대적인 것과 과거적인 것이 멋있게도 아름답게, 주제가 형성되어 수식이 행해지는 풍성함으로 시인을 더욱 시인답게 만드는 요소가 되고 있음이 명백하여 다듬어진 시조로서, 알맞은 문식文飾이 글 속에 번뜩이고 있어 보기 좋다.

– 《문학도시》 2016. 4월호(통권 157호) 작품평

*백승수 : 중앙일보신춘문예 당선(1984년), 시조시인, 문학박사. 한국시조시인협회부이사장.

열린 보수의 미학적 디자인

서 태 수

　현대를 살면서도 굳이 시조를 써야 하는 데는 현대에 걸맞은 당위적 이유가 있어야 한다. 문제의 핵심은 우리가 당연히 시조를 써야 한다는 민족 문화적 논리가 아니라 '왜 현대에도 시조가 필요한가.' 하는 점이다. 이 명제에 대한 대답은 시조의 문화적 폭과 깊이가 현대 사회에 어떻게 수용될 수 있는 것인가에 초점이 맞추어져야 한다.

　현대는 리듬 상실의 시대이다. 속도를 추구하는 현대는 리듬을 배격하기 때문이다. 고전적 이동법인 발걸음, 말[馬], 자전거, 증기기차, 배[船] 등은 2 및 4박자 또는 3박자의 리듬을 지녔지만 이제는 이들 리듬을 구경하기 힘들다. 율격적 보법을 잃어버린 현대의 이동 도구들, 자동차, 비행기, 쾌속정, KTX에는 리듬이 없다. 이러한 도구들로 인하여 현대인은 체감적 율동감을 상실해 버렸다.

　주지하는 바와 같이 시의 형식은 운율이다. 그러나 자유시는 시조와 달리 실제 시를 읽을 때 운율이 외형적으로 체득되는 것이 아니다. 현대인의 삶의 양식도 리듬을 잃게 되어 생활만 삭막한 것이 아니라 문학마저 메마른 시대를 살고 있다. 이 리듬을 회복시켜 주는 것이 정형률을 지닌 시조의 소명이다.

정형에도 여러 유형이 존재한다. 특히 시조를 두고 정형이비정형定型而非定型의 자유자재성自由自在性을 논한 리태극 박사의 견해는 탁견이다. 군이 시조의 정체성을 논한다면 그것은 3장 6구 12음보가 아니라 '정형 정신'이다.

이런 점에서 현대시조 창작에서 다양한 형태의 변주가 이루어지는 현상은 당연한 귀결이다. 이것이 시조 창작의 묘미이기도 하다. 이성호 시인이 운용한 율격 운용의 묘미를 다음 작품에서 찾아볼 수 있다.

> 싹둑 자르다 그대 일구는 땅 끝
> 넝쿨처럼 달랑 붙어 세월을 되질하는
> 저무는 저녁 한때의 짐을 묶어 보낸다.
>
> 반쯤 열어 둔 서랍 눈가에 바람을 얹어
> 모아둔 인연을 꺼내 불을 붙여 지피면서
> 여일餘日의 문턱을 넘어 공을 들인 반공일
>
> 질컥질컥 밟아 고른 재바른 걸음새로
> 논배미 물길 열어 산꽃들이 길을 내고
> 산새들 더러 얼리어 사태 지는 저 골짜기
>
> 첨범첨범 뛰어들어 일상을 쓸어 담는
> 오지랖 젖은 일상 이름을 갈아달고
> 도렷이 드러낸 얼굴 환히 열려 불을 켠다.
>
> – 〈이발사 오씨의 손길〉 전문

율격 변주와 섬세한 언어유희를 엿볼 수 있는 작품이다. 율격미로 변주한 시구는 '싹둑 자르다 그대 일구는 땅 끝', '반쯤 열어 둔 서랍 눈가에 바람을 얹어', '모아둔 인연을 꺼내 불을 붙여 지피면서'에서 보듯 소음절과 다음절을 상응하게 함으로써 4음보 범위에서 의미망과 호응하는 율격들이다. 형식을 용기容器로 본 것이 아니라 작품의 형성원리로 파악했기에 가능한 작법이다. 2음절 음보인 '싹둑'과 '반쯤'은 어휘 자체가 지닌 결여의 서정으로 파악되는데, 반대로 그 이후에 전개되는 5음절 음보는 앞 음보에서의 부족분을 보완하면서 전체의 균형을 유지하려는 의도로 보인다. 특히 '모아둔 인연을 꺼내'에서 제2음보의 다음절은 인연사의 많음을 음수율로 호응한 기교이다.

이런 운용은 〈나비가 된 장자〉 첫수 중장에서도 드러난다. '본시 없던 걸음 밤은 차라리 얇다'의 2-4-2-5 음수율도 마찬가지로 '없던'과 '얇다'와의 호응이다. 음보율을 크게 흩뜨리지 않는 매우 조심스런 운용이다. 이것은 이성호 시인의 율격 변주는 파격을 유도하는 운용이 아니라 체화된 운율미를 구사한 결실이다. 의미망과 결부된 율격 기교가 자유분방하지는 않으나 고정적 자수율에 얽매이지 않음을 드러낸 것이다.

이 작품의 시정은 소시민의 일상사를 산 좋고 물 맑은 자연 풍광 속으로 이끌어 머리숱과 녹음 우거진 삼림의 배경을 등치시키면서 이발을 농부의 경작에 비유하였다. '싹둑, 질컥질컥, 첨벙첨벙' 등 농경 작업의 상징어, '공을 들인 반공일 같은 언어유희와 아울러 율격미의 변주를 동반함으로써 이발사 오 씨의 성실한 장인 의식의 미적 승화를 더욱 섬세하게 형상화

할 수 있게 된 것이다.

　〈해돋이 앞에서〉는 병신丙申년 원단에 쓴 것으로, 동해 일출을 조망하면서 시간적 순서에 따라 틈 없이 그려 보인 점이 인상적인데, 세계사에 우뚝 서는 한민족의 염원을 노래하고 있고, 〈백두대간白頭大幹〉도 백두산에서 지리산까지의 형상을 단숨에 다잡아 한민족의 우람한 육신에 대응시켜 노래한 웅혼미가 돋보이는 작품이다.
　자료 작품 중 사유의 폭과 깊이가 유현한 작품에는 장자와 니체가 등장한다.

　　(1)
　　바람의 길을 따라 조릉彫陵 속에 들어와서
　　본시 없던 걸음 밤은 차라리 얇다
　　잎들이 잠을 다 깨고 다시 잠든 이참에

　　뼛속까지 우려내던 성찬聖餐의 깊은 골을
　　한 장의 마른기침 하늘 속에 내가 뜨고
　　아득한 경계를 지어 꽃을 피워 올린다.

　　내리쳐 되비추는 부푼 걸음 그 틈새로
　　비집고 들어 온 거울 숨길을 넘나들며
　　빈자리 마저 채우며 움켜쥐는 날개 한쪽

　　(2)
　　광대무변 이 천지에 점 하나 불러놓고
　　후두둑 열어보는 천양天壤의 오색무늬

손 쥐고 쳐다본 순간 나는 내가 아니었다.

걸어둔 넝마로는 채울 수 없는 둘레
한꺼번에 떠올랐다 밀려오는 일망무제
사념은 빛살로 와서 무지개로 앉았는데

너울처럼 무너지는 육신의 무게 너머
보일 수 없는 거리 지척으로 넘나들며
마침내 네가 내 되어 한 세상을 드러낸다.

– 〈나비가 된 장자〉 전문

호접몽胡蝶夢 또는 호접지몽胡蝶之夢을 노래한 작품이라고 한
다. 장자를 노래한 작품에 대해서는 학자들에 따라 견해를 달
리할 수도 있겠지만, 여기서는 국문학 전공자인 부산대 국문
학자 김영만 박사의 해설을 그대로 옮긴다.

〈나비가 된 장자莊子〉는 주목할 만한 작품이다. 장자莊子가
꿈에 본 내용의 고사故事를 바탕으로 하여 노래한 작품이지만,
나비의 꿈을 통하여 본 삼라만상의 상호 변용과 교감을 통한
절대적 자유를 장자와 나비로 시점을 각기 달리하여 표현한 것
은 가히 압권壓卷이라 할 수 있겠다.

제1수가 꿈의 배경이 되는 부분이라면, 2, 3수는 꿈이 이루
어지는 과정과 꿈의 모습을 말한 듯하다. 4, 5수는 나비의 시
점에서 본 장면이고, 마지막 수에 와서 우주 전체를 읊고 있는
장자莊子의 웅혼한 정신과 세계관을 엿보게 한다. 전후 6수의
작품이 마치 일필휘지一筆揮之한 서예작품처럼 거침이 없고 군

더더기가 없다.

장자의 입장에서 보면 만상은 타자와 분리된 독립적 개물(個物)의 존재가 아니라 서로 자리를 넘나드는 변용적 전이성(轉移性)을 통하여 존재하는 것으로, 따지고 보면 호접몽(胡蝶夢)이나 호접지몽(胡蝶之夢)은 같은 것이면서도 다르다고도 할 수 있다. 시작노트에 의하면, 작가는 이 작품을 한 달을 두고 두 차례에 걸쳐 각각 세 수씩 즉흥적으로 단숨에 내리썼다고 하는데, 한 마디로 우주의 뿌리를 노래한 시인인 장자의 가치관이나 세계관이 잘 드러나 있다 할 수 있다. 장자에 의하면, 어차피 만상은 동일하고 그 뿌리는 하나다. 나비는 장자에게 또 하나의 우주이자 생명 자체이며, 이 작품 또한, 무위(無爲)의 자연이요, 천지의 윤회(輪廻)에 맥이 닿아 있음 엿보게 한다.

〈니체를 읽으며〉도 니체 관련 서적으로 독서삼매경에서 우러나온 사유가 깊은 작품이다. '신, 초인, 인간' 등의 관념적 서정들을 삶의 물길 속에서 유영하면서 차곡차곡 더듬어가는 비유로 그려내고 있다.

일상에서 포착한 시정으로는 〈매미〉, 〈이발사 오씨의 손길〉 이외에, 〈안개〉가 있다. 〈안개〉는 신작으로 이상의 〈오감도 제1호〉 같은 시대적 불안과 공포의 분위기를 전제로 하고 있으면서도 해법의 가능성을 열어두고 있다.

아닌 밤중 속수무책 가면 쓴 침입자에
땡전을 쌓아 놓고 흥정을 할까보다
경계선 고삐를 풀며 드러내는 너의 본색

가까이 더 가까이 눈과 귀 틀어막고
너와 나 좁힌 거리 피사체로 대질러서
캄캄한 어둠을 둘러 발을 내린 이 산하

아직은 여유 있어 화두를 꺼내들고
푸는 게 받는 것이라 황급히 돌아서며
살며시 묶인 지갑을 풀고 앉은 저 능청

– 〈안개〉 전문

　시적 다의성이 매우 복잡한 서정이다. 풍자로도, 알레고리
llegory로도, 상징으로도 읽히는 작품이다. 안전장치가 붕괴된
시대, 지근거리에서도 불현듯 맞닥뜨리는 위험 상황이 1, 2연
에서 제시되었다. 문제는 제3연에서 일어나는 반전이다. 이 반
전은 표면적으로는 정상적인 해법을 만난 것 같지만 반어적 풍
자로 제시된다. 가해자로 대유된 안개가 예고 없이 몰려왔고,
또 안개 스스로가 풀어지는 상황을 묘사했기 때문이다. 병 주
고 약주는 횡포다. 진정성이 없는 조롱이다. 외연을 확장해 보
면 이러한 '폭력적 갑질'의 군상들은 도처에 산재해 있는 것이
삶의 현실이다. 이 작품을 알레고리적 관점에서 파악한다면 우
리 사회의 역사적, 시대적 삶의 문제에 무거운 가치를 둔 교시
적 기능을 읽을 수도 있다. 그리고 안개 자체가 푸는 것으로 이
해하여 이 세상의 개인주의나 황금만능주의를 벗어나 삶을 절

대적으로 긍정하는 자세, 희망과 무한한 가능의 열린 세계에
대한 기대를 읽을 수도 있겠다.

– 《화중련》 2016년 10월(통권 제22호) 「이성호의 작품 세계」

*서태수 : 시조시인, 국제신문 신춘문예(시조) 심사위원.
　　　　논문 〈현대시조의 사적 연구〉 외.